ALBUMS

POUR LA JEUNESSE

ILLUSTRÉS PAR

MARS

B. DE MONVEL

CRAFTY

E. PLON, NOURRIT ET Cie, IMPRIMEURS-ÉDITEURS
RUE GARANCIÈRE, 8 ET 10, PARIS

PARIS. — TYPOGRAPHIE DE E. PLON, NOURRIT ET Cie, RUE GARANCIÈRE, 8.

M. B. DE MONVEL

LA CIVILITÉ PUÉRILE ET HONNÊTE

M. B. DE MONVEL

LA COURTOISIE ENTRE ENFANTS

Il ne suffit pas que les enfants soient polis avec les grandes personnes. Ils doivent encore être polis entre eux.

Quand une petite amie vient vous voir, vous ne devez pas faire la maussade, refuser de jouer avec elle et vous retirer dans un coin avec votre poupée. Parlez-lui, au contraire, avec un air content; proposez-lui la première de jouer avec elle, mettez-lui votre poupée dans les bras, en lui recommandant de prendre bien soin de cette chère petite. Montrez-lui son lit à grands rideaux, puis ses robes, ses souliers, ses

LA CIVILITÉ PUÉRILE ET HONNÊTE

M. B. DE MONVEL

bonnets, ses chapeaux, tout cela serré dans ses petits meubles. Votre amie s'amusera beaucoup, et, quand vous irez là voir, elle sera à son tour aimable avec vous. C'est comme cela que doivent, en effet, se recevoir deux petites filles de bonne compagnie.

Rien de plus laid, au contraire, que celles qui se querellent, se fâchent, s'arrachent leurs poupées des mains.

« — Mademoiselle, c'est maintenant mon tour », dit l'une.

« — Non, mademoiselle, je ne veux pas vous la rendre », dit l'autre, « parce que vous êtes une méchante. »

« — Pas du tout, mademoiselle, c'est vous qui avez commencé. »

Un peu plus, elles se battraient à coups d'ongles comme ces vilains chats de gouttières. Leurs frères sont obligés de les séparer, et leurs mamans sont désolées d'avoir de pareilles enfants.

LA CIVILITÉ PUÉRILE ET HONNÊTE

M. B. DE MONVEL

LES FABLES DE LA FONTAINE

M. B. DE MONVEL

Un rat, hôte d'un champ, rat de peu de cervelle,
Des lares paternels un jour se trouva soûl.
Il laisse là le champ, le grain, et la javelle,
Va courir le pays, abandonne son trou.
Sitôt qu'il fut hors de la case :

« Que le monde, dit-il, est grand et spacieux !
Voilà les Apennins, et voici le Caucase ! »
La moindre taupinée était mont à ses yeux.
Au bout de quelques jours le voyageur arrive
En un certain canton où Téthys sur la rive
Avait laissé mainte huître ; et notre rat d'abord

Crut voir, en les voyant, des vaisseaux de haut bord.
« Certes, dit-il, mon père était un pauvre sire !
Il n'osait voyager, craintif au dernier point.
Pour moi, j'ai déjà vu le maritime empire.
J'ai passé les déserts, mais nous n'y bûmes point. »
D'un certain magister le rat tenait ces choses.
Et les disait à travers champs ;
N'étant pas de ces rats qui, les livres rongeants,
Se font savants jusques aux dents.

Parmi tant d'huîtres toutes closes
Une s'était ouverte ; et, bâillant au soleil,
Par un doux zéphyr réjouie,
Humait l'air, respirait, était épanouie,
Blanche, grasse, et d'un goût, à la voir, nonpareil.
D'aussi loin que le rat voit cette huître qui bâille :
« Qu'aperçois-je ? dit-il ; c'est quelque victuaille !

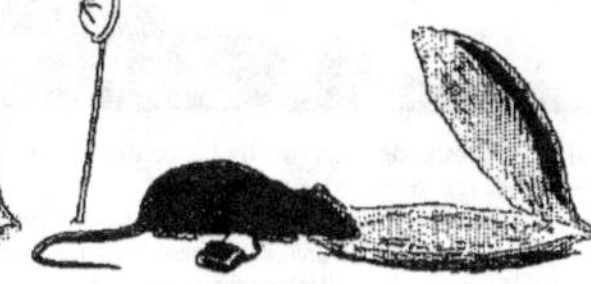

Et, si je ne me trompe à la couleur du mets,
Je dois faire aujourd'hui bonne chère ; ou jamais.
Là-dessus maître rat, plein de belle espérance,
Approche de l'écaille, allonge un peu le cou,

Se sent pris comme aux lacs ; car l'huître tout d'un coup
Se referme. Et voilà ce que fait l'ignorance.

LES FABLES DE LA FONTAINE — LE RAT ET L'HUITRE

CRAFTY

LA CHASSE A TIR. — LE DÉPART DE LA FERME

CRAFTY

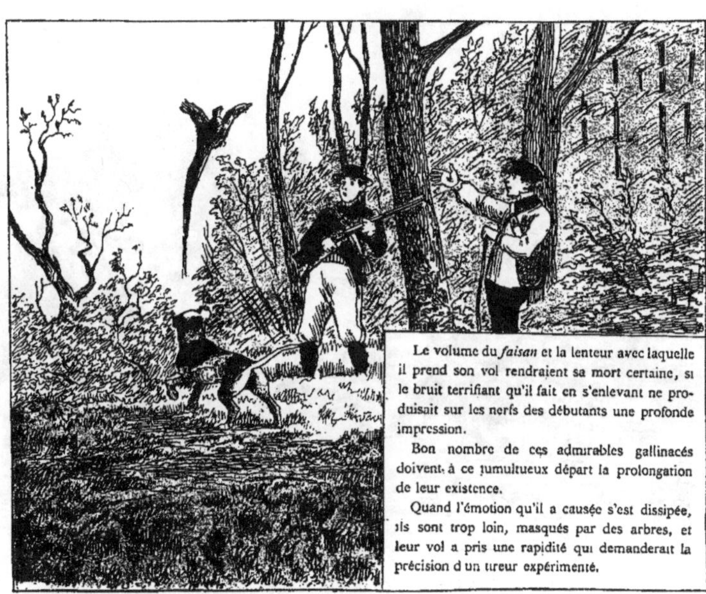

LA CHASSE A TIR — UN COUP DE SURPRISE

LA CHASSE A COURRE — LE SANGLIER

CRAFTY

LA CHASSE A COURRE — UN CHEVAL DIFFICILE

DIX CAVALIERS POUR UN ANE

MARS

LE PARC AUX CHEVREUILS

COMPERES ET COMPAGNONS

M. B. DE MONVEL

DAME TARTINE

Il était un' dame Tartine
Dans un beau palais de beurr' frais ;
Les muraill's étaient de farine,
Le parquet était de croquets ;

Sa chambre à coucher
Était d'échaudés,
Son lit de biscuit,
C'est fort bon la nuit.

Quand ell' s'en allait à la ville
Elle avait un petit bonnet;
Les rubans étaient de pastille
Et le fond de bon raisiné.

Sa petit' carriole
Était d' croquignole,
Ses petits chevaux
Étaient d' patés chauds.

CHANSONS DE FRANCE POUR LES PETITS FRANÇAIS

M. B. DE MONVEL

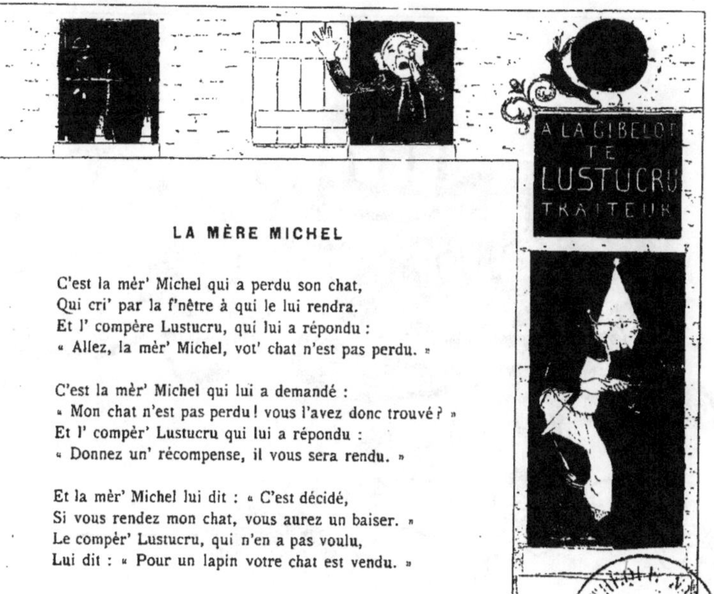

LA MÈRE MICHEL

C'est la mèr' Michel qui a perdu son chat,
Qui cri' par la f'nêtre à qui le lui rendra.
Et l' compère Lustucru, qui lui a répondu :
« Allez, la mèr' Michel, vot' chat n'est pas perdu. »

C'est la mèr' Michel qui lui a demandé :
« Mon chat n'est pas perdu ! vous l'avez donc trouvé ? »
Et l' compèr' Lustucru qui lui a répondu :
« Donnez un' récompense, il vous sera rendu. »

Et la mèr' Michel lui dit : « C'est décidé,
Si vous rendez mon chat, vous aurez un baiser. »
Le compèr' Lustucru, qui n'en a pas voulu,
Lui dit : « Pour un lapin votre chat est vendu. »

VIEILLES CHANSONS ET RONDES POUR LES PETITS ENFANTS.

MARS

COMPERES ET COMPAGNONS — B EN A LEUR AFFAIRE

www.ingramcontent.com/pod-product-compliance
Lightning Source LLC
LaVergne TN
LVHW050514160826
845677LV00003B/1128
* 9 7 8 2 3 2 9 6 2 1 2 6 5 *